U0878630

百年新诗百部典藏 / 马启代 主编

吴开晋诗选

吴开晋 著

江苏凤凰美术出版社

图书在版编目（CIP）数据

吴开晋诗选 / 吴开晋著．-- 南京 ：江苏凤凰美术出版社，2021.2
（百年新诗百部典藏 / 马启代主编）
ISBN 978-7-5580-5126-5

Ⅰ．①吴… Ⅱ．①吴… Ⅲ．①诗集－中国－当代 Ⅳ．①I227

中国版本图书馆 CIP 数据核字（2018）第 198338 号

责任编辑 李秋瑶
装帧设计 北京长河文丛文化艺术有限公司
责任监印 唐 虎

丛 书 名 百年新诗百部典藏
单册书名 吴开晋诗选
著　　者 吴开晋
主　　编 马启代
出版发行 江苏凤凰美术出版社（南京市湖南路 1 号 邮编：210009）
出版社网址 http://www.jsmscbs.com.cn
印　　刷 河北飞鸿印刷有限责任公司
开　　本 710mm×1000mm 1/16
印　　张 10
版　　次 2021 年 2 月第 1 版 2021 年 2 月第 1 次印刷
标准书号 ISBN 978-7-5580-5126-5
定　　价 28.00 元

营销部电话 025-68155675
江苏凤凰美术出版社图书凡印装错误可向承印厂调换

总序

转眼新诗已百年

马启代

早在20世纪的最后几年，大家已在议论新诗百年的事情，近年来，“新诗百年”的话题和各类活动甚至与社会商业活动携手并肩、大有超越诗歌本身的勃兴之势。事实上，看似在热闹中诞生的新诗，其本性与喧嚣并无基因上的联系。艺术与人类历史一样，有着表面风风火火的一面，也有着沉潜低回的另一条趋线。作为伴随新文学诞生的一个新兴文体，它呱呱坠地的时代的确可以用狂飙突进来标示，故我虽一向把社会“思潮”与“诗潮”的相伴相随作为认识百年新诗的一个重要视角，但我并不认同仅仅把波涛浪峰上的那些弄潮者看作新诗百年的代表，也就是说那些以潮流和流派及其风云人物为特征的历史叙事所构成的只是一个粗线条的描述，正是“思潮”与“诗潮”的历史共振，加上民族危难和社会动荡所造成的探索中断和精神异化，新诗所欠下的旧账一再被后来者忽略或轻视，仿佛一个亢奋的战士，冲锋中丢弃了装备，几番沉浮，在这个百年的节点，正是反思得失、检视成败的契机。当然，作为在争论甚至反对声中活得多数时候都青春四射的新诗，对质疑和批评的回应与对自身缺憾和弊端的正视从来都是一体两面需要痛加剖析、修正的问题。

我想略通“近代史”的人都会理解，产生于春秋战国以来极少出现的思想自由争鸣时期的新文学，结出新诗这个果实，既是必然，也显得匆忙。我们至今对它的称谓还有争议，如白话诗、自由诗、新诗、朦胧诗、现代诗、汉语新诗、新汉诗等，各有历史定位和美学指向，但莫衷一是，互不认同。此外，关于新诗诞生的历史成因、艺术脉络也各执一词，互有个见。我曾在《新汉诗十三题》中说过，它的源头不是旧诗，它与古诗、律诗、词、曲的代终体换不同，新诗直接来源于外国诗，不是一般的启示与借用，但新诗最终应是民族文化求新求变的产物皆赖于外来文化的刺激复活以及几代学人承前启后的不懈挽救。借此界定新诗的生日——假如非要有一个最大认同公约数的时间，我想，既不是胡适在《尝试集》中几首诗后面标注的 1916 年，也不是《新青年》2 卷 6 号刊发胡适《白话诗八首》的 1917 年，而应是《新青年》4 卷 1 号刊登胡适、沈尹默、刘半农九首诗的 1918 年 1 月。显然，作为《白话文学史》作者的胡适，深知“白话诗”与“新诗”在观念、精神和美学追求上的不同。他在 1917 年 1 月发表在《新青年》上的《文学改良刍议》被认为脱胎于美国女诗人洛威尔的《意象派宣言》，而意象派运动其主要旨趣在于解放英语诗歌的形式和语言，尽管他的代表人物庞德据说受益于中国古典诗歌的翻译。

但毋庸置疑的是，新诗承续了发端于 18 世纪以来世界范围内的诗歌自由化趋向，其背后蕴藏的历史人文内涵和深刻的人类精神走向乃潮流和大势。百年来，世界和中国都发生了许多亘古未有的大变化，人类在苦难和荣光中创造的无数诗篇，成为记录人类心灵和精神变化的珍品。尽管至今尚有人对新诗做出实验失败的定论，近年旧体诗创作日隆，也大有复兴的气象，但无须争辩的事实是：首先，新诗是个伟大而粗糙的发明（沈奇语），它无愧于百年风雨沧桑的砥砺磨洗（张清华语），你即便说它不成功，但也不能无视它有成就（桑恒昌语），穿越百年的时光隧道，战争、天灾、人祸以及正常或不正常的生存考验，新诗已经成为现代人重要的灵魂洗礼和精神救赎的载体。熊辉教授在《纪念新诗百年》中认为百年新诗的发展，最大的成功是确立了自身的文体优势。分行排列的自由书写成为承载现代人情感和思想的有效形式，而吕进教授把新诗看作“内视点”文学的主张，为现代新诗内在形式的确立提供了理论依据。其次，新诗采用大量口语和白话进行书面转化，使古老的汉语焕发出新的生机，重新把优雅与深邃找回，其在唤醒和复活民族灵性上体现出无可替代的前景。最后，我认为新诗与社会思潮与生俱来的根性联系，使其始终勃发着一颗求新求变的魂魄，百年来，它对于中国人精神的塑造居功至伟。

当然，一个百年的文体也许还处于未完成时，尽管许多文学史、诗歌史已翻来覆去根据不同时期的政治需要和个人诉求做过这样那样的修订甚至重写，事实上，所谓百年我们也不妨做模糊的理解，百年新诗也许尚未走出自己的青春期，业已形成的传统还显单薄，无论是文本本身还是理论批评范畴都面临着很多需要解决的问题。新诗不是“作诗如作文，作诗如说话”（胡适语）那样简单，断然不能把一种精神倡导理解为实践指南，正如不能把“下半身写作”理解为“写下半身”，把“口语写作”理解为“口水写作”。尽管民歌民谣给了自由化写作最初的滋养和激发，成就了彭斯和华兹华斯等不朽的歌唱，但新诗随着现代思想的传播，不适合进化论的艺术需要坚守和弘扬的恰恰是最初的和最原始的人的精神和梦想，最本真、最本质的感动。新诗突破了古典诗歌“触景生情”和“睹物思人”的套路，注入了“以思触诗、以诗触思”的感悟和体验，形成了“缘情言志寓思”的现代模式，这些皆赖于中西文化交汇中英美的浪漫主义和法德的现代主义诸流派的深度浸润。但一个文体既有它自我革新和不断蜕变的免疫能力，也有自我阉割的自杀倾向。如今，经历多层磨砺和戕害的新诗呈现出精神伦理和艺术审美上的诸多问题，“生底颤动，灵底喊叫”（郭沫若语）极有被废话、脏话淹没的危险。我在《百年新诗的“三度”迷失》和《当下诗歌创作的“三化”警示》两文中做了解析和指认。据此而论，吕进教授提出新诗的“三个重建”和“二次革命”多年，在展望未来时的确应引起我们的深思。

时光如白驹过隙，对于天地历史而言，百年不过弹指间的一个刹那，但于人于事，一个世纪毕竟暗藏着天翻地覆。适逢新诗百岁，借此数语，聊寄祝福！

目 录

昭君墓上的松树

一萌芽就翘首南望
遍身结满了思念的泪痕
如今手臂长长了
朝朝暮暮去勾南天的云

那云下有香溪的清流
清流里飘着姐妹的歌声
歌声梳理着绿荫中的茅屋
茅屋里流动着慈爱的眼神
也许，她曾梦见古都长安
梧桐树下去采摘她种下的叹息

1978 年秋

乌兰花草原

白云卧在草原上
我们卧在白云里
红骏马扬起一张张鬃帆
我们驰向绿色的海
夏季的风在身边絮语
帮我们捕捞草原的故事
一阵阵马头琴声从绿海深处游来
一颗颗心在不断地下沉

1978 年秋

给一个酒醉的少女

一串哭笑，
滚跳在马路当中，
路灯呵，
睁大了惊奇的眼睛；
灯影下，
走来一个酒醉的少女，
哭笑像皮鞭，
抽打着我的心胸！
能告诉我吗？姑娘！
你内心有什么苦痛？
为什么让酒精
戕害自己的灵魂，
投给大地
一条歪斜的身影？
也许，为了爱情失落
突然不幸，
心头还萦绕着
昨日的噩梦；
也许，由于欺骗
击中了你的轻信，
才把信念倒进了
无底的酒盅？

姑娘，你正当
葵花吐蕊的年纪呵，
怎能让青春
化作酒气街风！
看吧，夜色将尽，
东方已放霞彩，
楼窗内有多少
含着温暖和期待的眼睛……

1981 年

寻找回家乡的路

尽管岁月的霜雪染白两鬓，
我仍孩童一样做着一个天真的梦，
梦里，我总是追寻，追寻，
走过弯曲的河道，寻找回家乡的路径。

岔道是那样多，像母亲纺织的棉线，
走完一条，又续上更远的途程；
有时跋山涉水，有时陷入淤泥，
焦急中竟发出梦魇的喊声……

只有　回，终丁回到家乡的老屋，
看到了母亲慈祥的笑容；
可未等扑入母亲怀抱却被钟声唤醒，
枕边只留下湿润的泪痕。

是的，母亲早已长眠在深深的泥土里，
我也归回故乡的省城，
但一次又一次仍然做着孩童式的梦，
去追寻再也看不到的母亲的笑容……

1983 年 4 月

题黑风口李逵塑像

你怒目圆睁，
又遇见什么不平？
你挥舞板斧，
又向哪儿去厮拼？
也许，深山又出了猛虎？
也许，又有霸王欺侮百姓？
你想用板斧荡尽人间污秽，
一杯毒酒，却浇灭了你正义的火星！
于是，你迎着黑风口昂首呼啸：
警惕呀，那被玉带诱惑的心灵！

1984 年

月牙泉

月牙泉，在敦煌城郊，被沙山包围，却永不干涸……

你是一弯闪着波光的月牙
你是一弯飘着梦幻的月牙
尽管沙山一步步逼向你
但仍然那样明媚、清澈

多少代了，那风沙在你身边肆虐
它鞭打起滚滚烟尘，要把你捆锁
你只静静地微笑着
看风沙一次次退却

尽管风沙吞噬过无数春色
你明亮的眼睛却把春天带给沙漠
因为你怀里紧抱着地下的泉涌
你永远像一弯新月在高原闪烁

1984 年

永不衰老的歌

——忆母亲

母亲，我又忆起你的面影
越过皱纹的沟壑
穿过白发的丛林
我又像孩童一样
投入你的怀抱

母亲，我记得
你有一架永不停转的纺车
它的嗡嗡声引我入睡和醒来
纺出白云和金黄的原野
纺出一支支歌曲和谣谚
岁月滚成了各色的线穗
霞彩却从脸上悄悄隐退

母亲，我记得
你有一座永不熄灭的灯盏
你总是用簪子一次次把它拨亮
蘸着灯光匆忙地编织
竹针下淌出淙淙的溪流和喧闹的树林
手指间飞出翩翩的蝶舞和婉转的鸟鸣
你还织出一出出古代戏曲和神异的童话
也编织着饭桌上的欢乐和希望

油灯里燃着你的心血
你灵巧的手指缠上了藤条般的筋络

母亲，我记得
你有一个永装不满的柴筐
柴草的河流涌向无底的灶坑
汗珠浇铸了走不尽的路程
一丝丝白发
从窗棂的霜花间爬上你的头顶了
一道道皱纹
从村外的垄沟里跳上你的面颊了
你的眼睛变得像秋天的池沼
希望的亮光开始暗淡
于是，你忍着别离之痛
把一个个儿女打发上遥远的旅途

母亲，你的身躯是瘦小的
但在我心目中却是高大的山峰
为在敌寇来时保护已年长的姐姐
你竟像大力士举起一座柜橱
你用它堵住了可藏身的墙洞
在摔打声里又虔诚地念起佛经
直到马靴声带走一家人急剧的心跳
你呆立着竟咬破了自己的嘴唇

母亲，你的面容是苍老的
岁月刻下了它跋涉的足迹
但在我记忆中却总那么年轻
像绿叶初展、红花欲绽

含着春日的阳光夏天的雨露
每一道纹路里都跳跃着生命

母亲呵，你是我永远做不完的梦境
在朝鲜战地滴水的坑道
在塞北农家滚热的炕头
在书籍的海洋和飞驰的车轮中
你总是含着微笑走来
搅动我思念的旋涡

母亲，我知道你已安睡在万灵山下
静听叮咚的泉水叩打石门
我愿在你的身前种上家乡的枣树
连同一颗思念的心
让它挂满香甜的花和醉人的红枣
再结出一首热烘烘的歌曲
让风送给世上每一片绿叶
歌唱一切慈爱勤劳的母亲

1983 年 12 月至 1984 年 3 月　改定于泉城

战马祭

临淄古城有殉马坑，葬有六百匹战马，系为齐国一贵族殉葬而毒杀。

月光，用无数条昏黄的手臂，
托起一个个巨大的声浪：
欢腾的嘶鸣，
迎战的咆哮，
垂死的哀吟……
抽打着战栗的星星。

两千四百只奋飞的铁蹄，
突然折断，
跌落进黑色历史的陷阱，
湮灭了
六百个奔腾千里的憧憬……

陷阱在延伸着，
吞噬着一个个沾着血迹的岁月
和一个个奔驰的梦境……

让霞光接班吧！
把这声浪理成一丝丝红线，
嵌入每根跳动的血管和神经！

1985 年

宁静的云

——博山溶洞云景

我是云，我曾走进蔚蓝的梦境
往羽翼上涂染太阳的颜色
为了那火的哺育
去装扮那苍凉的天穹

我曾轻轻飞绕月宫
去擦拭那发暗的银轮
还把一颗颗银斗揣进衣襟
给它们一夜夜暖融融的安宁

有谁知，偏偏遇上那肆虐的暴风
它的长鞭击伤了我飞翔的羽翅
连我的心也在滴血
飘摇着，寻找歇息的帐篷

在这儿，在这古老的岩洞
我停下，修补我的心灵和翅膀
我却如化石般凝聚了
飞腾的激情化作僵滞的永恒

1985 年

泰山之梦

在地心里闷得够长了
在大海里泡得够久了
你，大地母亲过月的胎儿
在梦里都在把玩银河的星星
像农村少女玩她的石子

你听见一声庄严的呼唤
从无垠的太空传来
从运行的星球上传来
你应该展示自己的存在
好小子！挺起身来吧
于是，响起阵阵催生的雷鸣
你顶破亿万年封闭的地壳
在地球的东方站起
太阳给你七彩的灵光
用云雾的浴衣揩拭你的血迹
八方的飓风挽着手跑来了
雕刻你威武的形象
大海退走了
为的是衬托你的成长

你青春的活力正蕴聚在体内

抛出了一片片林带和湍急的瀑布
可是，你总忘不了在娘胎里的梦想
时时刻刻，都在向云空
伸出你的巨掌

1986 年 9 月

吊山泉

那白色的沟壑是你僵冷的躯体
从悬崖垂到山脚
狂风举着砂石的庆典
炫耀于骄阳燥热的光束
抖索的哀草哭泣在你的身旁
鸟雀早已衔着绿色的梦远逸

但痴情的白云还记得
你那调皮响亮的歌声
是怎样浸湿了她干裂的羽衣
沉思的蓝天也记得
你那欢跳的舞步
是怎样踏出了一串串百灵的新韵
默立的岩石也记得
你不息的劳作
是怎样种植出一行行彩色的音符

是惊天动地的山崩吗
才扼住了你的咽喉
是贪婪荒唐的爆破吗
才击伤了你透明的心音
是愚昧无知的砍伐吗

才熬尽了你奔腾的血流

也许，有一天你会突然醒来
当地泉之母治愈了你的伤痛
你像欢快的孩子奔下山涧
一路上播下警世的年轮

1986 年 9 月

山之魂

——阳朔群山印象

一万匹彩缎似的云霞来做帷幔
一万声爆裂的雷霆来报信息
要做父亲了
太阳兴奋得摇摇摆摆

伸出无数条光的手臂抚爱地球
大地母亲在烈火中痛苦地扭动身躯
群山，在母腹中躁动
它们挤压、撞击、呼叫、呐喊
渴望着生命的开始

到浩渺的银河系去飞腾吧
到洪荒的大漠上去奔驰吧
到漫漫的洪水中去畅游吧
孕育亿万世纪的种子正该诞生

云幔低垂，天色昏暗
电鞭挥摇，飓风怒卷
石破天惊的一声呼叫
震裂了天庭
惊呆了群星
大地母亲分娩了

群山从灼热的裂焰中挣出了母体
向上，向上
向往飞腾的变为雄鹰
向往奔驰的变为猛狮
向往跳跃的长成猿猴
向往长泳的成为巨鲸
向往跋涉的长成骆驼
向往腾空的长成巨龙

也许，真怕儿女们离体远去
大地母亲又投出一条绿色的带子
于是，漓江日夜抱着这群奇异的儿女
把群山的呼喊溶入碧绿的江底

1986 年 10 月改定

站不起来的命运

——看猴戏有感

铜锣敲出了欢快的节奏，
佳肴催动着腾跳的四肢，
猴儿东瞅西望，
瞧着主人的脸色……

锣声把我引向远古，
莽林中他和猴儿一同爬行，
雷电中他猛地直起腰来，
毅然走向燃烧的火堆。

于是，他脱去了长毛成为主人，
猴儿却被雷电吓走了灵魂，
他用力拉它也不肯站起，
只是蹦跳着爬进树林……

千年万年过去了，它仍不能站立，
主人从林中又把它捉回，
用鞭子和诱饵轮流给它上课，
叫它表演那站不起来的命运……

1987 年春

黄山印象

挂出一千面明镜
在蓝天下梳妆
卷发青绿
流动着亿万年的渴求
高凸的乳峰
淌出生命之瀑
泛出人间之爱河

雷霆从天边赶来
诉说着内心的倾慕
辚辚的彩车迎亲
悬挂着电的丝绦
于是，她收起明镜
用茫茫云海遮面

飓风从海岸奔来
聒噪着爱的絮语
摇摆的花轿迎娶
撞响一万只铜铃
于是，她敛起笑脸
降下无边的阴沉

朝霞捎来信息
太阳即将起身
她拨开云雾的纱幔
洒出万点欣喜
当缕缕彩霞向她投出光热
她便把火红的一轮抱入胸怀

1987 年 5 月 黄山

冰　港

驾着白色的云帐
严寒　一夜间
用巨手封锁了海港
拔掉了梧桐树的最后一缕黄发
强迫她穿上孝服
把秋之神囚禁在厚厚的冰牢下
扼住了大海激动的呼吸
把一座座待发的巨轮
冷冻成一个个僵硬的冰雕
任凭大海痉挛扭动
鼓动着不屈的脊背
它只是冷漠地凝视

冻住了汽笛　鸟鸣
冻住了彩帆上腥味的歌谣
冻住了海滩上情侣的私语
冻住了流动的空气　阳光　月色
也冻住了无数个激奋的梦

鱼儿在厚冰下翘首摆尾
嫩芽在冻土下伸着腰肢
巨轮的锅炉里也添加着燃料

要向坚冰做一次最后的冲击

但是
春姑娘还在遥远的赤道边裁着衣料
没有上路
她还沉湎在太阳火热的爱情里
似乎忘记了这冰冻的海港
不　她似乎听到了什么
是雁群催行的啼鸣

1987 年冬

太湖风情

鼋头渚

这儿风也静，浪也平
心儿已疲倦，正可休憩
绿苔水草，越积越多
凝住了它遨游的身躯
一觉醒来，它想起了大海
头向着东方，却僵卧不动

二泉映月

月亮跳进水泉里
沾一身琴音
它轻轻抖动
又溅满痴情的银杏
突然，琴音深入泉底
连同那声声叹息

阿炳（华彦钧）墓

你正举行独奏音乐会
在这座松林的石屋里

费城交响乐团匆匆赶来伴奏
松涛托起你凄婉的旋律
束束松针落下来
那是一颗颗迷醉的心

蠡园吟

挂戈悬剑
脱去锦衣
携西子泛舟湖上
湖光醉了心魂
离情重画红颜
再听不见越宫里的哀吟

石公山有思

石公睡在太湖里
枕几缕夕阳
夜晚，听银鱼撞破梦的窗户
闻见船家几滴酒香
但还是不醒
石笋上挂满了鼾声

1988 年秋

冥王星和彗星的对话

彗星：
尽管大地上的人们把我诅咒，
我还是颗自由的灵魂。
我收集亿万束射线和流星雨，
排成傲岸的兵阵！
长长星河震惊于我的异彩，
我昂然巡视着整个天庭。
你呢，朋友？
那么微弱，那么黯然，
蛰伏于太阳远远抛去的余光，
像个不幸的弃儿！

冥王星：
是的，我是微弱的，黯然的，
太阳赐给我的光热极少！
但我内心积聚着自身的光热，
仍执拗地奔走于我的轨道。
我仍围绕着它不停地旋转，
直到我颓然倒下！
那时也许会发出一声轰然巨响，
用一个光爆照亮天庭！
你呢，朋友？

我并不艳羡你的幸运，
你缺乏的是凝聚的深情！

1988 年

久违的雷电

从秋天到春天，
你走得很远很远，
是躲在冬神的冰峰下，
还是沉入海神的漩涡？
也许，你已经离开太阳系，
到其他星座漫游。
但人们用心的电波向你激射，
召唤你归来！
终于，在炎热的国土
你闪出了灼目之光，
声震天庭！

1988 年冬

唱给风筝的歌

闺　怨

——看风筝展览馆

是一群待嫁的处女，
熬着漫长的冬日
但听不见吃吃的娇笑，
看不见忙乱的针织。
时间的巨石，垒成
这闺院墙围，
渴望的火焰却难以烧透！

心目中的白马王子在哪儿？
何时才来敲开这重重的闺门，
把刻骨的相思引向蓝天，
在云霞的婚床上作毕生的一吻？

睡醒的龙

请相信
我就是羲和鞭下的六龙之一
曾在茫茫天路载一轮红日飞奔
她浴于咸池，而没入虞渊

轰然一声拉上黑色的帷幕
我也疲倦了，竟随之长睡不醒

是生命的风从葱茏的大地吹来
我感到浑身的血管爆裂般生长
昂首一抖，又跃上了晴空
望见了呵，又望见了那鲜红的光轮
我愿载着她再奔跑于天庭

中国古代神话记载：太阳由羲和驾驭六条龙拉的车护送，途中，浴于咸池，入于虞渊。

蝴蝶梦

是一个哲人的梦在把我创造
我七彩的羽翅，舞动了几十个世纪
不，也许是我梦中扑上晴空
用我的双翅画出了蓝天白云
还有锦缎般的柔风，沁鼻的花香
来把苦恼的人生遮掩
有一天，当那哲人豁然醒来
我将化为青烟缕缕，消失于太极

《庄子》《齐物论》记载：庄周曾梦见自己变为蝴蝶，待醒来，不知是自己梦见蝴蝶，还是蝴蝶梦见了自己。

狮之谜

我从古希腊的忒拜城走来，

带着天地间最大的谜，
我曾追问过往的行人，
答不上便叫他葬身腹底。
如今，我问流云，问星月，
它们能否解得开谜底？
阵阵春风欢笑着拥来，
它早已把谜底写上云际：
人们哪，只有你
才能解开宇宙间不尽的秘密。

据希腊神话记载：忒拜城有狮身人面女怪名斯芬克斯，蹲居于悬崖，向过路行人提出隐谜，答不上便被吃掉。

受伤的鹰

你从李苦禅的画中飞来
从孔孚的山水诗中飞出
带着沉重的翅膀
倔强地拍击云天
看周围是尖叫的群鸟
还有扮着鬼脸的怪兽
讥笑你再也不是云空的骄子
不，你采集着阳光的丝线
把受伤的翅膀缝补
我锐利的目光射向云端
要做一次更高更远的飞行

断 线

一缕情丝把我送上云空
她跳动的心房便有了我火热的感情
她笑，我也笑
她跳，我也跳
但愿春光长流不息
突然，一股强大的旋风袭来
我便荡向宇宙的深渊
纵然我遍体鳞伤，千般呼叫
春风不解，却把我掷得更远
就让我在这重重云被中长眠吧
我将永远记住那灯下的絮语
巧手的温馨

1989 年 9 月

无 题

1

泪腺的森林突然萎缩
由于一场空前的火山喷发
到处是焚烧后的焦岩和痛苦思索
突地，血管的山脉却爆长了
热血如岩浆沸腾

2

亿万束感觉神经飞奔
驾着星光，驾着月色
每颗细胞上都是血写的爱字
去迎接一场黎明前的春雨

3

星群展开激烈的论辩
是否每一颗都化成太阳
去照亮地球中的阴影
有的激愤得化为流星
有的悄悄隐退

4

堵塞了发出不同语言的百兽之喉
雄狮端坐高山之巅
它仍是众兽之王
偌大的山林仍回荡着它威严的号令
却梳理着凋败的头毛
突然，雷声自大地深处传来
百兽又竖起了毛鬣

5

总是那个梦
总是那砖石的胡同
路灯下撒下一串心跳
手拉手，脚下是走不尽的人生
霞光把梦穿破
胸中留下一片幻影
似乎你并未在天涯海角
却正在霞光下轻轻飘动

1989 年夏

赠亲人

给妻明岩

在一个冰雪的路口
我们携手起步
去攀登三百六十五里路的年轮
你捧着我的心
我捧着你的心
把年轮印上额头
把霜雪移上两鬓
心，仍然那样鲜红

给大儿钺

你诞生时购得一把大斧
想用它劈开阴冷的北方
又用它为你命名
劈斩岁月的炎凉
冰雪把你的锋刃磨亮了
冷雾却越聚越长
用期望点燃一炉红火
愿为你再加几度纯钢

给二儿铓

你在蛇年出生
却敦厚得像头黄牛
明亮的眼睛贮满沉思
化为如雪的诗句
你向往水天外的世界
在默默修造远渡的舟橹
愿赠你一座心制的罗盘
去迎接波涛汹涌的海路

给女儿璇

纯真得像只小海燕
歌唱的小嘴有时会啄人
每日用苦读修炼着翅膀
愿作长天的飞翔
这小小窝巢虽然温暖
但羽翅却会老化
把坚硬的双翅插上心灵
才会帮你战胜风暴雷电

1990 年春

孔孟之都

夫子洞

此为孔夫子降生之地，内有石床，传说孔子生时有大鹰相助。

巨鹰守候着洞口
痛苦的呻吟惊动了山魂
石床上爆出个活鲜鲜的生命
啼哭声击穿了二千四百五十圈古松年轮

挣脱母怀
你滚爬着奔向巍峨的大成殿
一路上捡拾着
供你思索的果实

诀别石

曲阜北石门山上有巨石，为李白、杜甫喝酒诀别之处，二位大诗人从此再也未见面。

一杯，一杯
喝干了泗水
喝干了黄河

肚中的诗稿也积成大山
怎忍分袂

但飞蓬怎禁秋风
一揖变为参商
让千古思念
穿透一部诗史

峄山石

传为女娲补天所剩之五彩石，聚赶于此。

翘首望着瓦蓝的天，
和那白色的云，七彩的虹，
苍天已补缀成万古的穹庐。
太阳抛出一根根笑的银针，
挑拨你们的眼帘：
“哈哈！睡了几万年？还不醒来？”
山谷里发出雷鸣般的长叹：
“醒来何用？难道天体还需再补？
莫不如去变一朵飘飞的云……”

1990 年 4 月

迷失的航道

在大西洋百慕大三角区，廿四年前失踪的一艘货轮，竟又奇迹般出现。一船员说，往事像做了一个梦……

是梦，又不是梦，
眨眼过了廿四个秋冬，
二老的泪眼已枯如干泉，
改嫁的妻子也老态龙钟。

难道波涛中竟有什么龙宫仙阁？
还是外星人把你们俘获进海底深洞？
他们传授给你们青春驻颜术，
为的是探索一下地球人神秘的心灵！

也许，他们的研究已获重大突破，
从海底又飞回浩渺太空，
他们也懂得人道而把你们释放，
惊人的奇迹才随同电波传诵。

不，这确实不是什么科学幻想，
宇宙间还有多少未知的迷踪？
让我们把一颗颗神秘之果摘下，
去装扮我们壮丽的人生！

1990 年 5 月 30 日

剪断的秋光

同爱人明岩登大明湖摩天轮

湖面迅速下沉
千佛山挡在窗外
把童年的梦拉在怀里
云空中遨游
在你深深的瞳孔里
华发骤然变黑

同爱人明岩大明湖泛舟

不是乘坐采莲扁舟
荡开十面荷花的诗句
双桨如梭
编织失落的梦
你越过圈圈涟漪
从点点荷影中走来

同爱人明岩千佛山留照

双足深深扎入岩石
变幻的云做衬景

不管春雨秋霜
不管月月年年
让我们站成永恒

题板桥画竹图

不是黄花
怎见绿肥红瘦
是一排排卷帘
挂满二十四桥的明月
是一支支长箫
吹出瘦西湖的清幽
南国的风太柔软
加进几缕胶州湾的海风
她的骨头变硬了
终于长出那如夜的怪石

秋　雨（之一）

秋雨
是我的思绪
丝丝，缕缕
从天的源头
扯到天的尽头

秋雨
是我的心音
点点，滴滴
从夜的来临

敲到夜的消融

秋雨
是灰色的网
张开，合上
采去了色彩，笑影
和一天阳光

秋雨
难道你比夏日的暴雨还强大吗
你采不走人们心头对太阳的思念

秋　雨（之二）

太阳
像个含羞的新娘
露了一下脸
又藏到盖头下
任凭千呼万唤
再也不肯露面

谁是那勇敢的新郎
拜天地时
把你乌黑的盖头轻轻一扯

1990 年秋

秋叶之歌

不是残叶溅血
是飘落的夏日的一串串阳光
阳光老了
一片片从树顶落下
心底还藏着跳动的火的记忆
还有蝶舞、鸟鸣和雷电的撞击
深深刻入了每一条叶脉
也许，它还要变成种子
再生长出一枚枚温热的歌声

1990 年 10 月 24 日

五十六岁抒怀

在凄冷的秋风中
我诞生在外祖父家的土炕上
那时有千百只乌鸦飞落庭院
母亲说：那是我带来的三千乌鸦兵

以野菜编织的童年
母亲又给它涂上金色的梦想
她渴望儿女们长成粗壮的野槐
炎热中能为他人遮阴

如今，我统率着万千汉字的队伍
在一块块方格里耕耘
把滴滴血汗再浇灌下去
去培育一个个如花的清晨

呵，母亲！我可曾实现了你的祝愿
当我望着讲台下一双双渴求的眼睛
让我把真诚和爱也传给他们吧
他们将长成参天的森林

1990 年 11 月 3 日

香山红叶

从萌芽起就怀着渴望
贮存着鸟语与蜂鸣
还有云的呼唤雷电的喧哗
奔腾于叶脉之间
如今高歌在霜风之下
每一片叶子都举起一座秋天

1991 年秋

鸣沙山之魂

当大海倏然而去
狂风开始肆虐
吞掉了一面面清亮的明镜
撕烂了一片片繁茂的绿色
刚把巨爪伸到月牙泉边
眼前突然挺起一座山峦
它金黄的腰身伸向云际
横刀立马，发出声声警号
守卫着那一湾清澈
有时，狂风的利刃把它割碎
一夜间，又站起来
仍是那样英武巍峨
月牙泉甜甜地笑了
把鸣沙山搂入轻荡的碧波

1992 年春

天池意象

把海水扯来几片
把蓝天剪下几段
缝起来
用彩霞的丝线

把涛声包起
把涌浪裹起
展开闪光的蓝缎
把白头峰搂入胸际

千万年，它总板着冰冷的面孔
如今，却在你怀中点点消融
于是，你们育出了美丽的女儿
——长白美人松

1992 年春

京西望儿山

望着
骆驼溅起的烟尘　泪花花
飘成了冰冷的
羽毛
娘的心也
飞了
系在亲手缝制的
褡裢上　伴她到
那春风也陌生的
沙丘
种植出一片
绿色的心音
她站立了
几千年　珠泪
在峰峦间凿成了
一　条　河　流
她仍在渴望
那塞外的
飞鸿
带回那
碎人心肺的
呼唤

她用岩石般
坚硬的信念
雕
塑
人间的
温情

1992 年秋

庐山赋

九万万年前，庐山仍在海底沉睡……

好一个
巨大的
胎儿
睡在蓝黑色的
眠床
搏动的心音
叩开了
眼帘
伸一伸腰肢
搅起冲天的
浪柱
云落下来　去包裹
全身的赤裸
终于
站
立
起
印上太阳
火红的
一吻

骨骼在
咔咔作响
生长出无际的
怪石
森林

1992 年秋

鸣沙山和月牙泉

敦煌之鸣沙山，发出嗡嗡之声，似在向山旁之月牙泉日夜倾诉。

鸣沙山
把心跳
化作苦恋之钟
日夜　向月牙泉
发出轰鸣
由于伤怀
沙石塌下来
失却男子汉的威仪
让月色
带一串钟音远去
在失望中
沉沉入睡

当曙色　拨醒眼帘
全身　筋脉贲张
又竖起一座
刀削似的山峰
嗡嗡　嗡嗡
仍在向着月牙泉
轰鸣

月牙泉
总是不动声色
在悄悄梳妆
偶尔　偷窥一下
那憨大的身躯
抿嘴一笑
又板起清冷的面容

1993 年春

天池之思

离开天池三十余年了，梦中时常出现她清碧的倩影：

带着谜一样的微笑
你把心跳
藏入湛蓝的纱帏
眼波流转
看多少山峰
为你愁白了发丝
一座座山魂
沉入你神秘的碧波
黎明　你用阳光的梳子
梳开飘散的长发
让风　和冰凌花
摇出你淡蓝的心音
思念之弦
从心底　汩汩流出
但山峦不悟
仍站成一座座
永恒的白头

1993 年春

笼中画眉

精铜的隔条
切割着蓝天白云
在太空纷纷散落
金丝的绦带飘飘
把你破碎的目光轻拂

声声啼鸣　飞射笼外
把渴望投向遥远
但你的歌声又被切割成碎片
忧伤的音符
缀满云雀的羽翅

1993 年春

深夜听吉他

一声叮咚
拨响了游荡的夜色
紫丁香在和弦上开放
忧伤和期盼
从指间滑出
在跳动的心房中做巢
青鸟没有飞来
只星光散落下片片羽毛
音符如丝线穿梭
编织着淡青色的梦

1993 年春

《致爱丽丝》琴曲

叮咚的琴韵
叙说一个古老的主题
心事像溪流
涌奔不歇
溪水里流着赞美
和永恒的忧伤
但流过的水
再也不会回旋
正如纷纷落英
难再重返枝头

音符颤抖了
但愿能溅响另一副琴键

1993 年春

黄山翠竹

拨开云雾之纱
从溪流边款款走来
碧玉的环佩叮咚
敲击着阳光的丝弦

温热的血流激荡
使清脆的骨节
咔咔作响
一节节
舞向云峰之巅

晶莹的目光流转
在茫茫云际寻觅
可是在寻找
那颗充满渴望的心灵

青色的裙裾飘曳
留下一串
思念的倩影

1993 年 4 月 4 日

京华碧荷

展开玉掌
承接着云天的琼浆
一滴滴
从叶脉流入搏动的心房
再熔铸成
一颗芳香的灵魂
晨曦中
舒展歌喉
吟一首怀念南国之诗
平　平　仄　仄
溅起粼粼碧波
晚风徐来
又撑起欲阖的眼帘
舒展腰肢
摆一副梦中的睡姿
乳燕无信
晶莹的珠泪飘落
心灵深处
磨铸着苦涩莲子

1993年4月4日

长白美人松

琥珀般的珠泪
从亭亭玉身渗出
凝成一声声
悠长的呼唤

秀发飘飘
卷扬着　过路的风
和奔跑的阳光
把孤寂的心跳
传向远方

清澈的眸子
射向溪流
看水波　载你倩影
远　去
翠衣
抖落一天
飘飞的思念

1993 年 4 月 6 日

大雾中夜泊长江

一江浓雾
伸出了黑色的手掌
千万条江轮被捆缚
听涛声急拍船腹
一颗颗心也被锁住了
船舷上飞旋着焦虑
汽笛声声
诉说误了归程

唯有铁锚镇定
缓缓落下　稳抓住江心
这正是它报效的时机
哪怕停泊千年

曙光送来了喜讯
万束金矢把浓雾射穿
铁锚无奈地起身
汽笛却阵阵欢叫
江轮顺流直下
前边有大海的阔胸

1993 年秋

龙门石窟巨佛像

你沉睡在古老的花岗岩中几亿年
一把铁锤叩开了你闭阖的眼帘
千山万壑响起了斧凿的叮咚
用血和泪雕刻着你微笑的容颜

任洛水东流，多少次飘起神女的衣裙
岩石不老，你眼中迸出喜悦的火星
当你的主人在锤声中颓然倒下
你端坐的身姿道出了生命的永恒

1994 年夏

乐山睡佛

白云、霜雪盖了千万层
骨骼中生长出茂密的松林
江流回转
唤不醒你大山般的梦

果真不醒
听那古岩里
有你跳动的心声

1994 年夏

我贮存……

我贮存阳光

当太阳抛下亿万条火束
空气在燃烧
我把一缕缕阳光剪裁下
贮于每条血管

当大地冰封雪冻
万木在瑟瑟发抖
让我把阳光释放出来
成为一丝丝微笑

我贮存冰雪

当大雪遮盖世界
严寒扼住了大地的咽喉
我把一片片冰雪采集
贮于每根筋络

当炎热施展淫威
万木被烈焰烤焦
让我把清凉释放出来

成为一片片宁静

我贮存风缕

当狂风卷过苍穹
大地摇摆抖动
我把一道道风缕拢住
贮于我的心房

当无风的日子来临
湖水平静得窒息
让我把风缕释放出来
成为一阵阵歌声

我贮存雨滴

当大雨滂沱而下
河流跃上山冈
我把一箩箩雨滴截住
贮于我的灵魂

当旱魃扬威称雄
禾苗在渴盼中枯焦
让我把雨滴释放出来
成为一组组喧闹

1994 年 11 月 10 日

方形日出

东海某岛，由于湿度光度影响，黎明日出，呈方形……

子夜
天鼓尚未奏响
太阳　正在海底眠床
做着椭圆的梦
波涛和阴云
窃窃私议
调集起百万大军
要把太阳
撕扯成
碎　片

太阳　走得很累很累
崦嵫山
磨掉了　最后的色泽
跳入
滚烫的虞渊
洗掉一身斑驳
让六龙载回
汤谷的眠床
天庭传来

雷鸣般的鼓点
它跃下眠床
睁开　精光的眸子
伸展　火焰的四肢
但汤谷仍黑如深渊
铅色的云　墨色的浪
齐　声　嘶　喊
亿万吨压力
挤压它　火红的身躯
天鼓在响
它奋力挣脱
大山般的禁锢
四肢挥击
呈方形　艰难地跃出海面

阴云　在狂呼
险浪　在欢叫
欢庆
这亘古之胜利

你见过方形的太阳吗
它将是我们的俘虏

天鼓在响
它滚烫的血管
爆长
深深　吸气
把宇宙之光能
纳　入　胸　怀

喷吐出　万束雷电
一跃
而升入云空

阴云　在偃旗
险浪　在息鼓
火红光球
滚向
浩渺苍穹

1995 年春

早春玉兰

你吸取了　白雪的颜色
却把地火　藏在心底
期盼　鼓胀着
高耸的乳峰
热流　在脉管中
激荡

但暖风　还隔在扬子江畔
你把相思　挂满枝头
你并不悲伤
正蕴聚　绽放的恒温
当暖风
撩开你少女的羞涩
你将绽开一个
芳香的黎明

1995 年春

土地的记忆
——献给反法西斯战争胜利纪念日

土地是有记忆的
正如树木的年轮
一年一道沟壑
贮存着亿万种声音
当太阳的磁针把它划拨
便会发出历史的回声

听！那隆隆作响的
是卢沟桥和诺曼底的炮声
还夹着万千染血的呐喊
那裂人心肺的
是奥斯维辛和南京城千万冤魂的呻吟
还有野兽们的狂呼乱叫
那震人心魄的
是攻占柏林和平型关的号角
还有枪刺上闪耀的复仇怒吼

莫要说那驱除魔鬼的炮声
已化为节日的焰火，高高升入云端
莫要说那焚尸炉内的骨灰
已筑入摩天大楼的基础，深深埋入地层
莫要说被野兽剖腹孕妇的哀号

已化为伴随婴儿的和谐音符
莫要说被试验毒菌吞噬的痛苦挣扎
已化为无影灯下宁静的微笑
这些早已过去
如烟云飘浮太空
安乐是一种麻醉剂
人们也许把过去遗忘
但土地不会忘记
它身上留有法西斯铁蹄践踏的伤痛
留有无数反抗者浇铸的纪念碑里的呼喊
每当黎明到来
它便在疼痛中惊醒

1995 年春

此诗获 1996 年以色列米瑞姆·林德勃哥诗歌和平奖。

野草魂

在参天的长白山森林中
盘卧着一丛丛小草
芨芨草、山蕨菜、老牛舌
似一团团绿色的云

当年，在抗联战士的咀嚼中
竟化为滚沸的热血流动
它催动着战士冲破密集的火网
去夺回被劫走的蓝天和歌声

它还默默进入杨靖宇干瘪的肠胃
支撑起一座高大的山峰
一群群野兽倒在他复仇的枪口下
解剖室，又惊破多少凶残的武士魂

如今，绿色的云团在蔓延
正迎着五月的暖风暴长
它将悄悄进入每条搏动的血脉
再结成往昔岁月的年轮

1995 年春

放飞的岁月

每天
我带着地球
把一个个日子放飞
日子像断线风筝
没有收回过一只
但并不懊悔
光年外仍有它们的投影

我放出过狭小土炕上的大海
放出过少年梦中初恋的香唇
放出过红森林中麻木的膜拜
放出过铅字中愚昧的盲从
放出过惊蛰后激奋的心跳
放出过火山喷发后顿悟中的宁静

我不能
把它们晾干
穿在帕米尔屋脊
只是追着大地
再把一个个日子放入寰宇
我不知今后
还会放出什么颜色的岁月

但愿它如每一颗
擦亮的星星

1995 年春

阳电之自白

——赠妻明岩

我是火热的阳电
从冬到春
蛰伏在云层里
我躲避着阳光的抚爱
为我赤裸之身而含羞

我从北极流浪到南极
在寻找你——我的阴电
哪一座湖泊和河流
是你的闺房
从冬到春
你也在寻找我吗
滚烫之云絮
如火在烤炙我
也许　我将默默熔化
是你　从高大树干
跃向太空
我们张臂拥抱
发出耀眼之光
如震天的霹雳
如椽的雨柱
是我们欢喜的泪

让我们相拥而去
到浩渺之银河安家
永不相分

1995 年春

我的方舟

我的方舟是自造的
在我跳动的心室内航行
漫漫洪水铺天而来
雨柱倾泻也无停意
饲养的信鸽倦卧舱内
何时才可放飞
去寻找我的山陵
我的沃土
我的森林
衔住我心目中的那束橄榄枝
一个世纪又一个世纪过去了
难道去银河系外寻觅
但雷电仍击打着船舱
刻画下又一个无晴的日子

1995 年春

孤独的白荷

在海浪般的绿叶中
开着一枝　孤独的白荷
阳光　懒懒地照着
风　也打不起精神
荷叶们
丝丝不动

众姐妹已远去
骤缩了　炎热的风
和狂卷的雨
还有那　兴冲冲的游人
和闪光的快门
如今　连蜜蜂和蝴蝶
也不来了
昔日的蜻蜓
也飞向了　另一处花园

但她　仍昂然立于
碧涛之中
以她的清芬
熏染　寂寞的荷塘

1995 年夏

稻草人

每日挥舞着破损的衣袖
听风的絮语
麻雀飞来
又惊慌地逃去
喜鹊飞来
刹时没了踪影
燕子飞来
也只匆匆留下几串音符

是谁把我如此装扮
我——怎是暴戾的人
在寂静的田野茕茕而立
又谁知我的孤独
鸟雀呵，为什么不停下来
唱一首喜悦的秋歌
或一支恋曲
我的心是焦渴的
渴求着乐音的叮咚

1995 年秋

崆峒岛海泳

仰卧海面
数白云朵朵
云朵儿忽然落入胸怀
如轻柔的白绡纱

打起遮阳
向蓝天深处窥望
那儿也定然有个水府
鱼龙争戏，如水下的一般繁华

鱼儿驮我
向大海深处漂去
它们悄悄诉说
远方有新开的海市

屏息静听
大海擂起了潮鼓
心血顿生
挥臂划向碧波深处

1996 年夏

芝罘岛登缆车

一双钢翅
装上了童年的梦
告别大地
到云里航行

海风徐来
抖动片片衣襟
白云入怀
窃听我的心音

飘过林海
松涛送来鸟鸣
群鸟振飞
啄我云中笑声

起伏翻飞
果如神鹰翱翔
挟带劲风
去捕捉早生的月亮

1996 年夏

赠小友童童

1996年8月参加烟台芝罘岛笔会，慧君女公子小友童童同行，为众人带来无穷欢乐，以诗相赠。

你是芝罘岛的小鸟
从早到晚唱个不停
你多想振翅飞出缆车
去数数天上的云霞和星星

你是月亮湾的小鱼
在浪花中穿来穿去
你多想深深潜入海底
去摸摸龙王的胡须

你的心灵是洁白的
容不得杂色的污染
不像我们白发人
心灵早被忧虑刻满

你的眼睛是笑的源泉
一眨眼，笑声就到处飞溅
使大家都变成孩子
也把笑声放飞人间

有一天，你会长成一棵大树
也会承载雷电风雨
但愿你在人生路上跋涉时
还不忘这些白发顽童

1996 年 8 月　烟台

与妻忆旧

回忆是一把锉
锉动了疼痛和伤悲
粉末飘飞
遮盖了天空
岁月的年轮
贮满了泪水
浇灌着要枯萎的希望
将熄的灯烛
黎明前发出一声叹息

1997 年 8 月 3 日

复苏的山泉

十里冰挂
封住了山岩
这是被窒息的山泉
最后流出的泪滴

当北风刮来时
严寒骄傲地跳上云端
伸出冰冷的长臂
扼住了山泉的咽喉

这山泉曾是个活泼的孩子
从早到晚不停地唱歌
斑鸠杜鹃飞来倾听
她还用小手开出一个小水塘
让鱼儿们欢快地嬉戏

如今一片冰冷
到哪儿寻她
听，在地母的怀里
有她搏动的心音

1997 年冬

水　仙

水仙
喷出乳白色的清香
无客之室　沉醉
我不愿独享
开一窗隙
让它酿造春天
水仙
颤抖　萎缩
难敌
每一立方的春寒

1998 年 2 月

冰　舞

灿烂的花朵
开放在洁白的冰面
芬芳的丝弦
弹拨出彩色的音符

闭塞的心房
有布谷鸟鸣叫飞来
满天春意
挣脱了冬的母腹

1998 年 2 月 18 日

春雨来了

听见了黄河干裂的呼叫
听见了七十二泉喑哑的乞求
带着未泯的一丝怜悯
撩起裙裾姗姗而来

虽说是“犹抱琵琶”
但也是“润物无声”
也许你壶瓶中贮存的是泪水
为冷酷的旱魃阻挡你的行程

如果听见万千嫩苗昂首的欢叫
你该绽出闭锁的笑容

1998 年 2 月 19 日午　第一场春雨后

一棵被砍断的果树

一棵果树被砍断了
齐刷刷的断茬
渗出了粒粒血浆

一棵果树被砍断了
在春天的足音踏响时
含苞的花蕾正在枯萎

一棵果树被砍断了
也砍去了一片蝶舞蜂鸣
和十里芳香

一棵果树被砍断了
也砍去了树下孩子们的笑声
和一支“春之歌”的琵琶曲

一棵果树被砍断了
路人停足叹息
砍树的人可曾听见

1998 年 2 月

女儿的书信

——接女儿玫璇海外来信草成

女儿的书信
是爸妈欢快的节日
一声爸妈的长长呼唤
从洁白的信封里跳出
竟飞行了十万八千里

在你居住的城堡
郁金香和红玫瑰还在沉睡
我们日思夜想的面庞
却在冰凌和雪片中开出了微笑
还开出了那噘嘴的调皮

提笔回信
让春雁衔上一束窗下早开的月季
还有那偷偷窥看的柳丝
再把一幅幅叠印的梦装进去
让它放映在女儿窗外的曙光里

1998 年 2 月 27 日

大峡谷

——观《雅鲁藏布江大峡谷考察》有感

冲越九万里沙丘的围墙
跨过九千丈旱风的肆虐
用亘古的阳光之剑
用不老的冰山之泪
劈开一座座荒芜山峰
创造出，你这绿色的大峡谷

看，载日的六龙正歇于溪边
喷吐出一天水花
涅槃的凤凰
正指挥着白鸟的合鸣
麒麟漫步而来
发出珠圆玉润的吟诵
猛犸、古猿和恐龙
率领幼仔们在密林中嬉游
牡丹、杜鹃花和蜡梅忘了时节
一齐捧出艳丽的花团锦簇
苍松翠柏上
还有长臂猿欢快地穿行
阴阳鱼和大龟也跃出水面
向瀑布解说着古老的文字图形

是新生界？是侏罗纪？
是女娲刚把漏天补就？
这儿，唯一的语言就是绿色
古树年轮里
录制的是呦呦的友声

1998 年 5 月 13 日

山城行

嘉陵江夜泊

每个细胞的笑声都洒下去
溅起了满江灯火
五彩的光焰又化为歌声
在船舱内到处飞旋

李白杜甫踏着古音韵步来
应对主人的诗题
一条鳜鱼窃听时跃出
不小心却落入了瓷盘

开航的汽笛鸣响了
却扯来一片淡蓝色的雾
一弯新月爬上船梢
静听夜重庆拨动的心弦

缙云山远眺

嘉陵江如带
捆缚了一城的喧嚣
只有白云驮着鹰翅飘来

送给风儿几片羽毛

松林莫非大醉
发出一天的哗笑
此时心海正无浪波
望见了那端坐的佛陀

这儿香火虽然稀少
倒也不感寂寥
不见那翻飞的双燕吗
又在衔枝做巢

山城观徐悲鸿画展

一片山河排列在这里
千百个岁月浓缩在这里
从金鸡报晓的红冠上跳动着一颗火红的心

如今，他骑着八骏已升入云空
留下了这片多彩的画廊
还有那奔腾不息的嘉陵江水
正是他粗大的画笔在挥动

1998 年

走进山灵（节选）

深山片悟

1
是谁在喊我
是那块亿万年前的巨石
它终于耐不住寂寞
要我帮它
呼吸几缕阳光

2
一块鹰隼化石说
让我再摸摸那片云

3
阳光，是大山的年轮
山风，是巨松的年轮
鸟鸣，是我心音的年轮

进小三峡

清流上荡舟
肌肤也变得透明了

松竹间穿行
血脉也变得碧绿了
看猿猴攀援
一颗心也在悬崖上蹦跳
我用远古的语言和它们交谈
它们呼叫着
欢迎尘世归来的游子

云门吟

唐朝的云来了
宋代的云来了
美洲的云来了
澳洲的云来了

紫色的，棕色的
白色的，黄色的
都听从风的安排
在云门前购票

谁知风们一声呼啸
全部乱了阵脚
一齐拥挤着穿过石门
争看这块火热的土地

1999 年秋

赠小孙孙天天

天天
多么美的名字
你一睁眼
就看见碧蓝的天空
就听见人间的笑语

天天
每天都有太阳升起
它用金色的胡须
搔醒沉睡的大地
让大地充满生机

天天
每天都有风儿吹拂
它把鸟儿们的歌唱
吹到鸟妈妈的耳边
好知道孩子们过得很快活

天天
每天都有鲜花盛开
不同颜色的花儿
把香味儿赠送给伙伴

让世界变得更美好

天天
你是个胖墩墩的可爱的孩子
你的妈妈爸爸给了你蜜糖般的爱
你全身一定是带甜味儿的
有一天，爷爷奶奶定去亲吻你

2000 年月 25 日

观尼亚加拉大瀑布

把北美大地
一撕两半
让北极的冰雪
扑天而来
一跃
飞下百丈河谷

云雾蒸腾
雷鸣电闪
河床痛苦地扭动
诞下这银色的巨蟒
阳光隐退
星月敛容
却有小船出没
惊涛上装载着
一颗颗抖颤的灵魂

2001 年 12 月

枫林即景

不是离人的泪染
是饮醉了晨霜秋风
尽显酡颜
去比二月的红花
装扮出十月的阳春

但不见蜂蝶
只一排排大雁长鸣
报道北极的冰雪已列阵
向这千里枫林逼进
枫叶们又欢快地击掌
西风中朗诵着雪莱的诗句
它们看见
在白皑皑的雪线后面
红花们正结队而来

2001 年 12 月

威明顿森林公园的天鹅

一只脚掌
伫立于湖面
凝神静听
云空飘来的
柴可夫斯基的旋律
忽然展开银翅
做三百六十度的旋舞

2001 年 12 月

长木公园的喷泉

那双神秘的手在何处
乐声中一群白色的精灵在起舞
是出演迷人的《胡桃夹子》
还是醉人的《天鹅湖》

透明的躯体升起又落下
刹时散开又骤然相聚
云空中又幻化成一只白色的大鸟
似在倾听春天的脚步

2001年12月

赌城的枫叶

枫叶们醉了
跌倒在阳光的金线里
秋风们奔跑而来
把它们抢上云空
这红黄的硬币
一枚一枚地数

2001 年 12 月

怀古与遥感

黑松林之谜

——济南南郊有黑松林

是精卫鸟衔来的一粒树种
失落在女娲炼石的山峰
吮吸着日精月华萌发生长
竟长成遮天蔽日的黑松林

百鸟朝凤的歌坛仍乐音缭绕
群兽宴舞的场地仍满布蹄痕
赤松子漫游的笛声已刻入松树年轮
松径里还保留采蘑菇小仙女的脚印

黑松林用涛声和云天交谈
黑松林用绿纹为山峰织锦
每棵树都拴着一支古老的童话
每棵树都发出合鸣的乐音

赤松子为远古传说中的仙人。

原山石海

原山森林公园有排排如海浪的巨石。

亿万年前的出游
贪恋这绿树青峰
欢快地跳跃嬉戏
竟忘了阵阵号角催归

大海霎时退去
来不及快步相随
痴立于山峰之巅
成为排排石浪

问东来的云
问西去的风
可有大海母亲的召唤
何时可回归家园

只有风云的叹息
只有鸟雀的啁啾
日日翘首东望
竟然高过了峰顶

远古的谷种

洛阳古墓中发现了五千年前的谷种，以水浸泡，竟然发芽。

你触过顶着陶罐少女的草裙

你吻过挥动石镰老人的手茧
你听过打谷场“杭育杭育”的号子
你见过土穴里燃起的缕缕炊烟

你竟然在一个泥坛中睡去了
一睡竟是五千年
一阵叮当的锤声把你震醒
如今，又迷失在闪烁的荧光屏前

在温暖的清水中你睁眼寻找
那草裙那手茧那号子那炊烟
往日的一切成了缥缈的烟云
响彻耳畔的，只是一声声惊叹

2003 年春

梦见母亲

子夜我梦见母亲
梦见她喜上眉梢的模样
她捧着鸿鸟衔来的父亲的书信
嘟念着，喷出满院的马樱花香
她又梳理着孩子们的欢声笑语
和信函中抖落的滴滴风雨和缕缕阳光

夜阑我梦见母亲
梦见她蹙起双眉的怒嗔
拍打着我新棉衣上沾满的雪泥
叱怪我不去背唐诗却去打雪仗堆雪人
她又用针线缝补我撕破的衣袖
一针针，缝进她注视我的海一样深的眼神

黎明我梦见母亲
梦见她呼叫中的惊恐
鬼子的枪声在村口响起
先藏起姐姐，又把我和弟弟紧搂在怀中
未成年的二哥和乡亲们被鬼子抓走
她跑破了脚跟，夜晚痴望着星星
当瘦弱的哥哥被放出黑牢
泪拌的面汤在热锅中沸腾

睁开双眼，我仍在梦境中徘徊
在那个世界是否天天盼着儿女的信来
恨不能用快刀斩去我满头白发
让时光倒流，永远偎依在母亲的暖怀

2003年1月30日　慈母102岁诞辰时作

为牛汉师画像

立在荒原上
咀嚼着带刺的茅草
滴滴染血的奶汁
湿润了干裂的土地
一阵霹雳闪电击来
劈断了它孤傲的犄角
它奋力站起
聚集全身的热血和每一次心跳
肋下又生出双翅
化作雄鹰
冲向星光闪烁的云霄

2003 年 4 月 21 日于廊房牛汉诗歌研讨会上即兴作。

四哀诗

哀雁阵

为崇尚这万物灵长的高贵品行
从北疆到南国才排成人阵
大写的人字写满无际云天
声声鸣叫还呼唤着“人啊人”

突然，大地上喷出一串串火焰
翎翅折断，热血横飞，染红了白云
正是那万物灵长凶蛮的双手
用排排枪口把你们射落寰尘

你们的人阵霎时间七零八落
几万里云天都响彻着你们的哀音
是兄弟，是姐妹，还是父女母子
一只只跌落草丛永远离分

那疯狂的猎人向你们扑来
又擎在手中察看冒血的伤痕
可是，你们大睁的双眼为何不闭
瞳孔里还叠印着那穿衣衫的“人”

哀灵蛇

尽管你们没有龙凤的好名声
但在远古，人们同样称你们为龙
那人类远祖交尾的图像
岂不就是你们被图腾的原型

你们也曾有过美好的日子
在西子湖畔钟情过文弱的书生
虽然妖法把你们压在雷峰塔下
但舞台上你们却获得了永生

如今，是谁把你们装入笼罐
一把把利刃要切割你们的生命
还要和猫儿同入蒸锅
美其名曰：这是精彩的龙虎相争

当餐桌上你被吞入血红的口唇
你自卫的毒液也许进入他们的血中
我听见你们的灵魂仍在高空呼叫
“还我生存的自由和完美的身型”

哀猕猴

你们本是人类最亲近的友人
书刊银屏都有你们可爱的身影
为什么却像囚犯夹在桌子中间
连毛发也剃得干干净净

一阵阵狂笑震破你的耳膜
闪光的利斧正举在你的头顶
一排排刀叉又搅起贪婪的食欲
据说你们的脑浆能使他们聪明

你圆睁双目向他们怒视
质问他们："是否接种了虎狼的基因
那刀耕火种的日子我们曾共同生活啊
为你们摘甜果从摩天的树顶"

"贪婪野蛮难道是你们的秉性
还是你们人类自诩的文明"
丁当的碰杯中谁喊了声"开始"
利斧落下，大厅里溅起你雪白的生命

"不，不！我不相信你们会如此残忍"
冥冥中还有一丝疑惑在纷飞的脑浆中
当灯红酒绿熏醉了大圆桌上的食客
你的冤魂却径直飞上天庭

哀幼鼠

只在大街上你们的前辈才被喊"打"
他们也曾留下大闹汴京的佳语
每一个黎明都是你们向人世宣告
你们还代替人类把各种新药服下

如今，你们刚刚睁开眼睛看世界
红彤彤的肉身还未长毛发

是谁用铁钳生生把你们夹起
要瞪大眼睛活活把你们吞下

刚夹起，你们发出第一声哭叫
浸入酱池醋海哭声更让人头麻
当你们被排排铜牙铁齿咬住
撕心的疼痛，又第三次哭喊妈妈

他们还美滋滋说是吃“三叫”
谁知道病毒也被一口吞下
当他们痛苦地挣扎在病床
是惋惜是同情，还是哀叹这“饮食文化”

2003 年夏

心　旅

穿越裂谷

心音　敲打着古岩
石笋
投出奇异目光
万丈裂谷
似银河断开
雷击
剖开了大地的胸膛

踏进　两脚如汗血马蹄
无声　无光
倒仰成九十度角
瞭望谷顶
太阳已遁走到
亿万光年外
成为游动的荧火
谷中　氧离子
被谁的巨手攫走
要熄灭　每一记心跳

奋力　把每一寸阴冷

踩入石纹
奋力　把每一抹黑影
踏入岩隙
前行　忽闻流水潺潺
可是地母之乳
滋润这千里伤口
前行　缕缕花香从谷顶升起
可是生命的电波
又在播放
前行　虫鸣唧唧
从石缝中溢出
可是希望的琴声
又在奏响

裂谷仍被黑暗囚禁
窒息了每一粒光
前行　只有用心跳点燃热血
让烈焰生出脚掌
前行　脚底开始灼热
山在摇　地在动
岩浆终于苏醒
看　火的波涛升起了
谷顶被照亮
大地的伤口在愈合
火浪　气流里
托起涅槃的凤凰

走进古松年轮

一棵万年松
把大山覆盖
爆裂的松籽
满山滚动
灿若云霞

沿断裂的松针
进入松枝
恰如一颗微粒子
进入人体的血脉

爬过枝杈之结
潜入树干之表
像进入千古迷宫
突见　松脂之河拦路
茫然四顾
杳无舟楫
纵身跃入
脂油之浪

游过原子之故乡
又入石器之城邦
忽闻恐龙之吼叫
猛犸之哀鸣
然后是弓弩之射
刀剑之击
杀声如雷霆炸响

我终于醉卧于
一个个图腾的欢歌
朦胧中
寻找　万声之源
静听
轮纹的喧响

端坐的瀑布

我端坐
云峰之巅
万丈白发
披散崖下
摇头　扫出雷霆万钧
和龙虎的狂吼

回忆　如遥远的梦
我曾把点滴的汗血
聚集又聚集
借盘古的巨斧
开路
沿女娲炼石的沟壑
奔跑
义无反顾地
扑向悬崖
孤独　这唯一之敌
摧我华颜
何处寻觅
呦呦的鹿鸣

亿万年的白发下
是我苔绿的头颅

2001 年秋草　2003 年冬改

云和山

一朵云欲飘向远方
大山苦苦挽留
“这儿有你晾衣的翠竹
这儿有你梳妆的潭镜
还有默默的守望
将与日月同龄”

一阵风嬉笑着飞来
云儿便无影无踪
大山无言
猛然迸出了泪瀑

2004 年 3 月 17 日

北美诗絮

重游尼亚加拉大瀑布之一

一万匹烈马
腾空而下
激起千里雷霆
万里烟霞

游船在白浪中发抖
左旋石旋，如一枚逐流的枫叶
张嘴呼喊，却听不到声音
人们啊，只是一滴飞溅的浪花

游船挣扎着，漂出急流
一颗颗心，早在怒涛中溶化
多想跃上那飞瀑之顶
也变作那云空跃下的烈马

重游尼亚加拉大瀑布之二

一条河流，猛然跌下山谷
水雾吞没了世界
万颗滚雷敲击出

直达天庭的轰鸣

不，这不是一次失误
是命运早已注定
只有粉身碎骨的劫难
才能获得新生

冲吧！冲吧
在谷底，又一条河流诞生了
谛听着大西洋雄浑的交响
一往直前，披斩着北美辽阔的土地

登多伦多电视塔

多伦多电视塔，有500余米高，据说为世界之最。

登高塔，不为欣赏这异国风光
我要看　看四万里外的故乡
塔外细雨蒙蒙，云雾缭绕
太空中只是一片迷茫

我没有羲和载日的龙车
没有吴刚伐桂的月亮
没有哈勃太空望远镜
没有神舟飞船可以翱翔

但云堆涌来了
为我组成了长城巍峨的影像
山海关、居庸关、嘉峪关

烽火台把五千年的天空照亮

霎时，又组成了奔腾的长江黄河
喷出乳汁，把苦难的民族滋养
亲吻着我曾赤脚奔跑的土地
高昂头颅，冲向郑和曾扬帆的海洋

云堆消失了，滴下雨丝
你们是否也为思念而忧伤
真盼望每一寸家乡再无疼痛
云儿啊，你是否会织出崭新的图样

小人村公园

多伦多市东北方，有一个小人村公园，以人体的五分之一的比例，制作成各种人物和房屋，人们躬耕田园，自得其乐。

这不是陶渊明的桃花源
却也见男男女女劳作在田间
鸡鸣犬吠，牛羊嬉戏
谷肥稻壮，果香满园

远处也有车马驰过
却无人仰望，意马心猿
在融融阳光的抚爱下
是一张张怡然自得的笑脸

可听见异国的枪炮轰鸣
可望见大洋彼岸的硝烟

那骰子、彩票旋舞的世界
可曾在你们心中激起波澜

真愿全球都变成一个小人村
再无黑金、红血和攫取的贪婪
各色的人都在挥汗劳作
为秋日的丰收歌舞翩翩

多伦多中秋夜

小时候
母亲领我看月亮，笑说：
“月亮光光，娃儿胖胖！”
月亮胖了，母亲瘦了，
母亲的心给了月亮。

在异乡
领小孙孙看月亮，告诉他：
“月亮光光，娃儿胖胖！”
还是那片蓝天，还是那轮月亮
母亲却去了月亮照不到的他乡
……

一滴滴热泪
滴到孙儿脸上，
孙儿说：
“有月亮，怎么还下雨？”
“不是雨点，是秋夜的露水闪光！”

水晶赋

华盛顿市自然博物馆内有一重四十八公斤的世界上最大的水晶球，为稀世珍宝，原系20世纪20年代从中国运来。

透明的心脏，透明的眼睛
但不见你心的搏跳和泪水的晶莹
难道你没有离家的悲伤和苦思的哀怨
或许忘记了工匠的手温和家乡的温馨

似乎有微弱的声音从晶体内传出
“不，不，寂寞和思念早已磨损了我的神经
在这多色的灯光下你会发现
我对家乡的思念会变作飞天的彩虹”

2004年9月至11月分别写于多伦多和华盛顿

母亲节——寄母亲

把每一缕思念
挂在飞驰的车轮上
把每一声呼唤
黏在云空的机翼上
把泪珠结成的康乃馨
插在飘动的船帆上
献给您——母亲
绽放出
您泉水下的微笑

看，旋转的时空
在倒转
奔腾的海水
又在倒涌
头顶的积雪
顿时消融
我苍老的嗓音
又变得稚嫩
我看见
母亲又笑着走来
我大步扑向
您的怀抱

向您祝贺——
全人类的节日

2006年5月14日母亲节于T35列车上

母子情

假日的海滩
一头棕色的母牛
全神贯注
舔舐一只小牛犊

用有力的舌尖
用每一颗味蕾
用每一片梦境
用心灵的颤音
舔！舔

舔亮它的毛发
让它闪出太阳的光泽
舔硬它的犄角
让它顶破坚硬的山石
舔壮它的四肢
让它在海滩上奔驰
还要舔光那脖颈上的灰尘
再舔出那寻找母亲的哞哞呼唤

2006 年 5 月 10 日　海口假日海滩
2006 年 5 月 14 日改定于列车上

倾听春天续曲

春的遐想

一丛丛阳光
端坐在迎春花瓣儿上
花蕊们激情万种
伸出纤细之手争相拥抱
向云天，吹出暖暖的号角

于是　我再一次倾听春天
从万千嫩芽中
幻化出蓝天的风筝和
一声声碧绿的柳笛
还有麦田里的歌声
水湾里鱼儿的腾跳
甜甜的草根上
沁出一张张笑脸和
母亲在村头
长长的呼唤
那呼唤
穿过岁月的长河
似眼前的阳光
一束束　缠满我的心头

雪花的告别

一枚小雪花
轻轻敲打窗户
露出苍白的小脸
她说是向我告别
暖风要来了
这已不是她的世界
北极老人
已发出十几道号令
叫她回到水晶宫中
化掉人世中的烟尘

清明乡思

——怀母亲

青天滴下三泓泪水——
前天的　昨天的　今天的
日月如梭
编织着我无尽的思念
清明——
我心灵的每一天都是你
伴我走到母亲面前

母亲　你用树叶草根酿成乳汁
哺育儿女长大
我真想回到你体内看看
你用什么消化那粗糙的纤维
对！是那怦怦跳动的心脏和

滚烫的热血
而后，又化成了丛丛白发
和道道皱纹

母亲，你从不举手打孩子
只有一次，为我
打泥仗弄脏了新补的上衣
在胳膊上轻轻拧了我一下
却使我疼痛了七十年
我真愿你每天都拧我一下
这样就可以
天天依偎在你怀里

快让清明的三泓泪
化作滚滚波涛吧
我要时时乘坐思念之船
去看望已经醒来的母亲

把春天披在身上

——闻小孙孙天天晋升跆拳道绿带有感

在身体与心灵的考核中
小天天又升了一级
一下子把春天披在身上
片片绿叶为他击掌
道道碧水为他鸣唱
我的心也跟着绿了
一下子蹿出万千嫩芽

腾跳吧，展翅吧——
让尼亚加拉瀑布见证一下
一个东方儿童赢得的强健

天国之路

——悼爱妻明岩之一

你含着微笑走了
不肯等明春的金婚典礼
说天国的云车正等候
你要去一个美丽的世界
你可知道
你的笑容绽放出轰顶的霹雳
击倒了我四十九年的希翼

不该，太不该
不该走得那样性急
云车可以等一下嘛
再等七七四十九个春季
我们可以去照相馆
再照一张新婚照
我们可以带儿女
到下放的农村呼吸变新的空气
我们可以去多伦多
和小孙孙采摘枫叶
我们可以到马里兰
去和诗友们再相聚谈诗
我们可以去曼谷
到玉佛寺看佛像

我们可以到三亚
去闻蓝色波涛的香气

你不等，不是不愿啊
是赶车的羲和催得太急
他说，还要到咸池帮太阳洗浴
黄昏要赶到崦嵫山里
然后回到西天的大殿
去诵念普度众生的经文
你又微微睁眼看看我
胸中仍有千言万语
有什么嘱托留下吧
前面纵有一个个火焰山
我也要攀越去办理

这回你决心走了
留给我一万斛泪滴
让这泪斛掀起万丈波涛吧
一起化作你登天的云霓

妻，明岩，2009年4月29日晚7时38分病逝，5月7日写成此诗。

灵魂的返视

——悼爱妻明岩之二

在天国周游一遭
你的灵魂又返回家里
我看见，你又翻阅厚厚的相册
去寻找四十九个春天的记忆[①]
我看见，你又握笔在手
仔细修改忆往事的“点点滴滴”[②]
我看见，你打开一个个光盘
去播放去泰国海南那难忘的时日[③]
忽然，你又跑向门边
是迎接小孙孙天天归来
祖孙俩又亲密地抱在一起

是催行的号角响了吗
为什么你又急忙奔向窗际
一朵祥云飘来了
是羲和的特使又来迎接你
你的身影又霎时不见
满屋里都是风的叹息
回来，再回来一次吧
我们真不该就这样分离
让羲和的云车再等一等啊
天边才刚刚露出晨曦

注：①我和明岩1960年1月21日结婚，现已49年了。

②妻生前完成了回忆录《点点滴滴忆往事》。

③2003年十·一和2006年五·一，曾随大儿、儿媳去泰国和海南旅游。

2009年5月8日

云顶山短吟

进　山

采两片闲云
去找野鹤
空中似闻鹤音
携缕清风
洗去风尘

林中对弈

林中有石
以心为棋子
只赢鸟语
夕阳来催
忘了归途

竹林深处

竹林深处
幽篁翠摇
王维琴鸣
但不能长啸
有鸟归巢

王维诗:“独坐幽篁里，弹琴复长啸。深林人不知，明月来相照。”

去听鸟鸣

千仞岗振衣
抖落满天的繁星
万里流濯足
洗去三生的苦辛
去密林深处
听歌喉百啭的鸟鸣

晋代诗人左思有诗:“振衣千仞岗，濯足万里流。”

出　山

山道弯弯
是做不完的梦
左拐右拐
驿站不见踪影
还是别醒吧
山下有血色的晚景

瀑布与河流

黄果树瀑布

云天垂下一道白练
要把你折叠再速溶
去润世间
干涸的心灵

壶口瀑布

带来一把壶
在我心中
装进你奔腾的万马
夜夜伴我入梦

黄山三叠瀑

一折三叠
却不见阳关
滴滴水珠
溅醒了声声驼铃

古典中有王维诗《阳关三叠》。

庐山瀑布

三千尺银河
已被李白带走
涓涓细流
呼唤着谪仙

李白人称谪仙，有诗：飞流直下三千尺，疑是银河落九天。

长白山瀑布

从森林中穿过
心音是绿的
跳出白山
再绿塞北

镜泊湖瀑布

用千万根银线
纺织出一面明镜
让蓝天梳妆
白云倦卧

尼亚加拉瀑布

缓缓流倘
至悬崖纵身一跃
劈开北美大地
星月颤抖

长　江

奔腾了万年
造一座东海
如今咽喉被扼
日渐消瘦

黄　河

黄色的奶汁
养育了中华
是谁叫你断奶
生在沙滩上垂泪

钱塘江

掀起万丈狂涛
想亲一亲月亮
失望的泪水
打湿半个中国

2012 年 9 月 10 月　北京

湖光与山色

西　湖

不用淡妆浓抹
雪山的云也赶来亲昵
三潭中的圆月也跳出来
吟诵着苏轼的诗句

苏轼有诗：欲把西湖比西子，淡妆浓抹总相宜。

太　湖

范蠡携西子泛舟
讲述着吴越的拼杀
鱼儿也游来倾听
叹息声染画出千年水色

鄱阳湖

奶水越来越少
变得形销骨立
那千帆竞渡的渔歌
储在梦中回忆

长白山天池

不是梁羽生笔下的魔女
明眸下穿一身蓝色礼服
如抖掉满头的霜雪
群山将拜倒向你匍匐

青海湖

天上有海，海中有天
蓝色的镜面滑行着白帆
要把高原的荒漠化尽
再造出一个绿色的江南

颐和园昆明湖

用亿万两黄金梳妆
堪比南国的西子
为博得玉辇上的一笑
吞没了北洋水师

济南大明湖

摄一张千佛山的倒影
躲在荷丛下窃笑
循着老残的脚印
去听鼓书的韵调

《老残游记》中有描写大明湖黑白妞唱大鼓之事。

泰山日观峰

用心锤敲开东天
云被下跳出一轮火球
把黑夜驱向西方
万木争相翘首

黄山松

你的绿色真会褪尽？
众鸟赶来询问
云天中你微笑回答
爱心能把我滋润

科学家预言，百年后黄山松会干枯。

五台山

五条筋脉紧扣峻峰
倾听着暮鼓晨钟
看虔诚者顶礼膜拜
净化染色的心灵

华山假日

不见论剑的侠客
只见如蚁的人群
青松皱眉，山岩喊痛
轻些，轻些，莫让鸟儿惊魂

2012 年 10 月于济南

春的遐想

一丛丛阳光
端坐在迎春花瓣儿上
花蕊们激情万种
伸出纤细之手争相拥抱
向云天，吹出暖暖的号角

于是，我再一次倾听春天
从万千嫩芽中
幻化出蓝天的风筝和
一声声碧绿的柳笛
还有麦田里的歌声
水湾里鱼儿的腾跳
甜甜的草根上
沁出一张张笑脸和
母亲在村头
长长的呼唤
那呼唤
穿过岁月的长河
似眼前的阳光
一束束　缠满我的心头

雪花的告别

一枚小雪花
轻轻敲打窗户
露出苍白的小脸
她说是向我告别
暖风要来了
这已不是她的世界
北极老人
已发出十几道号令
叫她回到水晶宫中
化掉人世中的烟尘

清明乡思

——怀念母亲

青天滴下三泓泪水——
前天的　昨天的　今天的
日月如梭
编织着我无尽的思念
清明——
我心灵的每一天都是你
伴我走到母亲面前

母亲　你用树叶草根酿成乳汁
哺育儿女长大
我真想回到你体内看看
你用什么消化那粗糙的纤维
对！是那怦怦跳动的心脏和
滚烫的热血
而后，又化成了丛丛白发
和道道皱纹

母亲，你从不举手打孩子
只有一次，为我
打泥仗弄脏了新补的上衣
在胳膊上轻轻拧了我一下
却使我疼痛了七十年

我真愿你每天都拧我一下
这样就可以
天天依偎在你怀里

快让清明的三泓泪
化作滚滚波涛吧
我要时时乘坐思念之船
去看望已经醒来的母亲

把春天披在身上

——闻小孙孙天天晋升跆拳道绿带有感

在身体与心灵的考核中
小天天又升了一级
一下子把春天披在身上
片片绿叶为他击掌
道道碧水为他鸣唱
我的心也跟着绿了
一下子窜出万千嫩芽

腾跳吧，展翅吧——
让尼亚加拉瀑布见证一下
一个东方儿童赢得的强健